歌集

アーベントロート

楠井孝一

典々堂

＊目次

装本・倉本　修

歌集　アーベントロート

燕を見たり

駅ビルに燕のつがひ飛びかひて天井窓に小さき巣つくる

天井の灯にくる虫を追ひまはす若きつがひの子育てワーク

巣にもどる親鳥待ちて嘴をつきだす雛の四、五羽ゐるらし

初めての子育てならむ小ぶりなる若きペアをいとしみて見つ

しばらくは忘れゐし巣を見上ぐるにすでに巣立ちて雛の声なし

下総の片すみ三咲の駅ビルに生まれし雛が巣立ちゆけるも

かくも早く南の空に発ちゆきて何処の国の空を飛べるや

葉月尽芝刈りを終へ詠草も出して仰げば空は秋めく

安房神社参詣

安房の国の一の宮なる安房神社ナビの導くままに詣で来

天の富の命《みこと》が阿波の忌部氏《いみべし》を伴ひて来つ安房のこの地に

阿波びとの匠が安房を拓きしとふ忌部塚なる先人の墓処

八の字を画くがごとき厄除けの茅の輪くぐりぬ夏越の祓《はらへ》

茅《ちがや》の輪を腰にさげ持ち厄除けとなしたる蘇民将来のつたへ

義理チョコ

それなりに嬉しかりけり行きつけのクラブのママの義理チョコなれど

葬儀用の写真にいいねと言ひかはす老いがほどよく写りてをれば

けふ松戸あすは船橋　下総の梨街道のわたしの歌会

はつ夏の風を感じて下さいと妣《はは》に言ひつつ紫陽花そなふ

まてば椎の萌黄の若葉ふき出でて安房の山並みふくらみて見ゆ

習ひたてなる英語あやつり中一の女孫がスピーチするを聞くなり

一分の短き語りシンプルな話なれども英語は英語

亜熱帯、日本

一日に千人余もの熱中症死者も出るなりこの日の本に

人びとの苛々《いらいら》が生む暑気なりや安保法制、南シナ海

六十年まへ新卒の青年が灼熱の地の大阪に来つ

窓あけるも風は通らず蒸し風呂なり浪速の夜の悪夢の記憶

三年目の夏を過ごしし東京はまさに温帯の夜にしありぬ

真夏なれども夜の更けゆけば窓しめて団扇も持たず安寝《やすい》しなせり

坂東はうまし国とぞ覚えたりかの夏恋し喜寿なるわれは

熊蟬が箱根の山を越え来たりしやあしやあと鳴くこの坂東に

今はもう西も東も同じにて関東平野とりわけ暑い
熱中症が国を覆へる日の本は亜熱帯にぞなりにけるかも

爺の戒め

夜ごと夜ごと四人の孫の写し絵に爺の戒め語りかくなり

風邪ひくな過食をするな行き帰り車に注意などは序の口

ゲームごときに呆けてはならぬ人並みにピアノも習へ公文にも行け

通り魔の包丁、ナイフに注意せよと付け加へねばならぬ憂鬱

暮らし向きを問へば笑ひて子は言へり家族はしつかり食べさせてます

「食べて行く」とあつさり言へど一生涯貧乏せずに生くるは難儀

靖国に眠れる三人の叔父たちの短かきひと生《よ》を思ひみるなり

生きてあればそれぞれ新しき家を立てうからやからも得たりしものを

北辺の旅

くろぐろと水面に模様描きつつ豊平川をゆく鮭の群れ

遠き日に憧れし地よ秋陽さす北大のいちやう並木を歩く

商ひのメッカが観光リゾートへ小樽の街の有意転生

マッサンとエリーが理想の土地と見し余市といへる北辺の町

超モダンなルスツタワーに訪ひきたり羊蹄山は肚のみ見せて

夕食は蟹バイキングこの旅の目玉に妻の瞳かがやく

仕上げにはイクラのぶっかけ丼をやるホワイトワインの杯を重ねて

絵葉書に割り込む心地駒ヶ岳を背に大沼の水辺に立てば

ひとも山も多方向より見つむべし大沼駒の三態を撮る

付和雷同もたまには良しと函館山夜景ツアーのバスに乗りたり

ありふれた描写をなすも空々し函館夜景ただにうつくし

かかる幸せ

古稀の坂を越えたる日より七年が過ぎゆき友のあまた逝きたり

友が逝くを嘆き惜しむは小癪にてすべて運命《さだめ》といふ声がする

八十路までスキーヤーたらむと願ふなり蔵王の白き湯に浸かりつつ

喜寿のスキーに欠かせぬものはホッカイロ、薄型襁褓《むつき》縫込みブリーフ

ゴンドラもリフトももはや怖くないネイチャーコール何時にても来よ

かかるものが入用となる齢までスキー繋ぎ来しかかる幸せ

六十年のキャリアを経たる今もなほ新しき技見出してゐる

海の気を吸ひて育ちし我なるに雪の褥《しとね》に恋ひこがれ来つ

初春《はる》のうた

気早なる主の所為《せゐ》か水仙が師走の内にはやも咲きたり

ヘルペスに酒断たれしは去年のこと縛りなきこの正月うれし

久しぶりに奮起したるか老梅が枝いっぱいに花をつけたり

白梅の花びら小さき旅をして芝生に着けり瞬きの間に

さみどりの若芽が木々の枝先を点描のごと飾りゆくなり

公園の草むら分けて「爺婆《ぢぢばば》」といふ春蘭の株を探せり

春来れば庭に花咲き次々に菊の供花に替りゆくなり

ほたる袋の初花剪りて供ふれば悦ぶ妣《はは》の声が聞こゆる

続・燕を見たり

二組の燕のペアが向き合ひて激しく鳴き合ふ争へるごと

去年《こぞ》の巣に新参者が闖入し元の家主が咎めゐるらし

昼ふけに騒ぎは収まり数メートル先に巣作りするつがひあり

こはいかにと目を見開きぬ中ほどに更なる巣あり二日の後に

それぞれの雛に餌をやる親ツバメ都合六羽がとび交ふ騒擾

かかる眺めは珍しきとて行きずりの人も誘ひて共に見上ぐる

一つ屋根に三組のつがひが巣を構ふ三咲駅ビルハライソと見ゆ

虫取りも難儀ならむと案じゐる妻に言ひたり梨畑近しと

北陸紀行

新幹線のほとぼり醒めし頃合ひと金沢、能登の旅に出で来つ

金沢の台所とふ近江町市場にならぶ北海の幸

海鮮丼、のどぐろ刺身に大吟醸近年稀なる極上ランチ

武家屋敷二軒を訪へば心なし背骨がしやんと伸びくる心地

家老はみな萬石取りにて大名なみ城代はなんと五萬石なり

兼六園あなどり居しも名木があまた咄嗟に名園と叫ぶ

千里浜《ちりはま》のさざ波寄する日本海の渚をバスが走り行くなり

輪島の湯の能登の大鮑《あはび》のおどり焼き逸品といふに躊躇《ためらひ》のなし

山上より海まで続く千枚田傾《なだ》り強きになべて小さし

冬の長き奥能登にかく塩田を営み来たる人のありけり

禄剛埼《ろっこうさき》の崖の上より茫茫とつづく日本海を見放くる

浦塩へ、釜山へもおよそ八百キロ能登を起点にコンパス回す

能登瓦の屋並みに初夏の薄日さし穴水の町黒びかりする

和倉温泉、加賀屋旅館の三時半お辞儀の列に迎へられたり

総合点、サービス点で二十年日本一とふもてなしの宿

日本海に浮かべる佐渡を望みつつ米山さんの麓すぎ行く

米山甚句口ずさめども陽は明かしお山にけふは雲ひとつなく

ふなばし讃歌

そこそこに勤勉《まめ》な性《さが》とは思へどもケータイ、パソコンなにゆゑ半端
金メダルの鈴木大地に野田総理いまフナッシーふなばし讃歌

今年またアンデルセンの公園が関東の人気スポットとなる

寝る前に化粧落として朝ごとにをみなが画く今日むけの貌

鳥も魚も婚姻色で勝負する人は色目も手管もつかふ

和装から和洋のコンビ、洋のペアわが家三代の婚礼衣装

二十歳《はたち》の馬力

終電車に遅れ夜通し歩きしよ二十歳の馬力、財布の軽さ

はじめての映画鑑賞少年が空想といふ武器を得たる日

君は舟、臣は水とふ喩へあり水は時をり舟をも覆《かへ》す

八十路までスキー繋げばアスリートたとへ頭に老がつくとも

ビールと第九は生《なま》に限るといふ至言「生」の一字がずしりと効いて

大粒の種なし葡萄食みながら技術革新などと呟く

振付師の思ひのままに踊らされ氷の上を舞ふアスリート

露の玉が朝かがやくを詠ひたり母の歌から本歌どりして

本歌どりの元は人口に膾炙した名歌であれと聞けど与せず

歌の会は賭場の博打と変はらない切つた張つたが二時間つづく

ゴジラの呪ひ

何れが勝つも半世紀、一世紀越えといふかくも長かるメジャーの歴史

山羊の呪ひを解かれしカブスが百八年ぶりの勝利をもぎ取りにけり

シカゴのファンを百と八年待たせたる一匹の山羊ただ一匹の

メジャーにはあまたの呪ひ「バンビーノ」、「山羊」最新は「ゴジラの呪ひ」

ＭＶＰの松井秀喜を追ひ出ししヤンキースには「ゴジラの呪ひ」

日の本では江戸、浪速にはお呼びなくカープとハムが覇権を競ふ
両刀使いの若武者大谷翔平がダイヤモンドに跳ねて踊るも

民主主義

民主主義が正しきものといふ誤謬二〇一六年の米英

不満票が国の行方を左右するデモクラシーの零落を見つ

「離脱」とふ思慮の足らざる選択にアングロサクソンが走れる不思議

トランプの暴言に酔ひしかの国に世界を統べる資格はあらず

民主主義の総本山の米英がポピュリズムなる穴に堕ちたり

マグナカルタ八百年の翌年にデモクラシーの綻びを見つ

デモクラシーなんて胡乱と言ひつつもかのチャーチルの至言思ほゆ

揺れうごく民意読めざる不始末にジャーナリズムは自刎《じふん》なすべし

米英のこの惨状も自由なき中・ロの地獄ほどにはあらず

安倍一強、対抗馬なき日の本も中・ロに似たるニューインフェルノ

やり場なき気を逸らさむと行く道に朱のからすうりさみしげに垂る

片瀬江ノ島に遊ぶ

蒼天に誘はるるまま昼ふけの片瀬江ノ島に遊ばむとする

松林と白浜つづくその果てに真白き富士が浮かび立つなり

富士の裾に箱根くろぐろ横たはる南まくらの寝釈迦のごとく

晴天の展望台より見放くればさねさし相模の海なぎわたる

片瀬海岸かくも穏やか十二人を波間に呑みしこと無きがごとくに

伊豆大島、伊豆半島の山並みがおぼろに霞む春の陽うけて

目をやれば三浦半島みどり濃くあまたの岬を海に伸ばして

もののふが剣投げたる稲村の岬まはれば鎌倉の浜

鎌倉へかくも近かる腰越に止め置かれたる九郎判官

旧知なる丹沢山地たくましき主峰三峰重なりて見ゆ

奥秩父の雲取山は見落とせぬそこより富士を望みし記憶

山体が半ば欠けたる武甲山けな気に背筋のばして立てる

展望板に描かれあるに男体山は見えず背伸びし目蔭《まかげ》するのみ

坂東に長く住まへど江ノ島を訪はざりし胸のつかへ払はる

都議会選挙

ポピュリズムの成りゆき怖し日も浅き都民ファーストが勝つてしまへり

世をおほふポピュリズムが運び来し結果にすぎず威張るな都民

一強の自民のなかの病巣が「都民」につつかれ噴き出しにけり

議論尽くさず数の力でおし通す安倍の自民の傲慢政治

モリ・カケとイナダがきつかけ傲慢な自民の行方に黒雲かかる

毒を制する毒のごとしも都議選に「傲慢」屠る「厚顔」を見つ

ぶち上げては反響さぐりて巻きもどす五輪の会場、豊洲問題

大衆に阿《おも》ねほどなく誑《たら》しこむ小池流なる厚顔政治

民主主義の王道外れしポピュリズムが今や主役をうかがふ気配

ポピュリズムなどが主役であつてなるものかデモクラシーの周縁《ふち》に退け

春蘭

写し絵を見せられて知る春蘭と名乗る神秘のみどりの花を

またの名は報春花にて斑点の様よりヂヂババ、ほくろともいふ

さくら咲く頃の開花と聞きたれば卯月アンデルセン公園に行く

二時間の探索ののち大ぶりの春蘭ふた株咲くを見出せり

訪ね来し甲斐のありたり濃淡のみどりが放つ艶なる風情

濃きみどりの葉につつまるる薄みどりの花弁に充つるエロスの香り

卯月尽金襴といふ花も見つ丸き黄花のいとも鮮やか

昨日あやめけふは紫蘭を仏壇の御祖に供ふあすは芍薬

蔵王地蔵尊

六十年を貫く棒のごときもの倦むことのなきスキー人生

今年また蔵王の地蔵に詣できて八十路のスキーの無事を祈れり

ロープウェイに誘はれゆく樹氷原うつつにあらぬ景観に居る

三本のロープウェイとリフト群が山上に画く網目の模様

ざんげ坂より横倉までの七キロのノンストップはそろそろきつい

膝までの新雪分けて泳ぎ下る白き傾りの巨大プールを

急坂を登るはきつし近頃は花を求むる高原散歩

月山を訪ひ来し果報ぞ湿原にオゼカウホネの黄花を愛でる

六十三年切れることなく繋ぎ来し我のスキーに三人の師あり

三人の師から習ひし回転の技かみしめて今日も我あり

滑り行く刹那せつなに思ふなり師のおはすれば如何にか言はむ

ウォッシュのソナタ

洗濯機の回転音の心地よさ朝ごとに聞くウォッシュのソナタ

洗濯機といふはおしやべり朝の間はわが家にひとり家族が増える

朝あさの洗濯ソナタに誘はれて庭の老梅咲き初めにけり

梅の枝に挿しおくみかんを朝なさな啄みに来る目白の親子

少年が若者となり低音につられて上下する喉仏

「苦いね」と静かに言へり男の孫はビールひとくち初飲みの後

ありふれた感想聞きて安堵せりしごく普通の酒飲みとなれ

着古せるシャツ捨つるにもふと迷ふあはれ戦後の少年われは

コンビニのこし餡パンと缶コーヒーが歌会の日の私のランチ

甘口の酒から始めし青年が知命を過ぎて辛口好み

上総一宮の宴

金婚の宴に孫らがくれたるは「仲良く長生きして」とのことば

半世紀を無事すごし来し秘訣とは大病せざりしことと説きたり

大船盛りに孫らの瞳かがやきて合図待ちかね一斉に寄る

子ら夫婦四人の孫にかこまれて酒の香りのかくもかぐはし

五十年を表す五本の大ローソク女将の心づくしのケーキ

ケーキカットはかの日以来と笑みかはす重ぬる右手にしみ皺あれど

エープリルフールの宴なれども現《うつつ》なり平成二十九年のこの日忘れず

女の孫に「百一歳まで生きてね」と言はれ思はず妻と見かはす

褐色のヨードの風呂は美人の湯「信じて浸かれ」と女孫らに言ふ

一宮館芥川荘の広縁に孫らならべて写し絵をとる

龍之介の文学碑読む息子ふたり大正の世を偲べる風情

三世代揃ひてさくらの下をゆく三分咲きなる茂原公園

最初にして最後ならむかはらからが十人揃ふ家族旅行は

来世まで抱きてゆかむこの春の一宮への旅の記憶を

七歳の初春《はる》

来し方のかくも長かりテーブルに妻の補聴器わたしのルーペ

辛口の「光」値のはる「ピース」より「新生」吸ひし学びの四年

足を使はぬ走りにも良きもののあり秋たけて酌むこのあらばしり

終焉に向かふ身なれど老いといふこの充実の明け暮れを愛づ

背中より伸びたる父の手暖かく書き初め終へし七歳の初春《はる》

今様の文化と言はむ大吟醸の冷やで屠蘇酒酌み交はすなり

県と市に二十五年ぶりの配当金ふなばし競馬甦りたり

スマホにて馬券を買へる便利さが市のお荷物を蘇らせて

歌友逝く

初めての靖国詣で三人の叔父に遅参を詫びつつ歩む

靖国のさくらが咲けばお役所が開花宣言する国日本

頼りなげなるさくら一樹が日の本に春告ぐるなり　センバツ間近

スキーヤーたりし友の祭壇白菊のスロープに紅き薔薇のリフトが

この週は通夜と葬儀が重なりて社友、学友、今宵は歌友

風物は見ずひたすらに人を詠みし歌友は気早に旅立ちゆけり

浄土への途をさくらが照らしゐむ花は詠まざる友なりしかど

ことしの春

バレンタインデーたちまち雨水を過ぎたれば春の気配が満ちて来るなり

如月は春待ちの月列島に春一番が吹きよせて来る

この春の四月七日の初つばめ駅ビルの巣に戻り来たりぬ

つれあひは少し離れて羽繕ひ長旅終へし憩ひのひととき

もくかうばらが芽吹き蕾のふくらむをこの十日まり見まもりて来つ

若芽ながら艶なる風情ただよはせ芍薬が春の花壇に登場

下野の旅に買ひ来し石楠花が三十年を経て莟もちたり

寂し気なる白花見つつ妻言へり苗を売りゐし爺の面輪を

家族のテント

春たけなは歩道の石のすき間にも小さきタンポポ、ひなげしの咲く

梅ほどの実がなるだけと笑ひつつ花桃の木の手入れする人

アンデルセン公園

木立の中の家族のテントはとりどりの色と形のリビングルーム

卯の花が咲きそめ初の燕きて巣作りはじむ夏は来にけり

一車両にたつた一台のベビーカー日本の少子化ここに極まる

訝しげに見る人のあり傘ひろげ夏日避けつつ道ゆくわれを

女孫弾く「ファランドール」の旋律に遠き記憶が甦りくる

入場から演奏、退場へとつづく所作、ふるまひに頷きてをり

南米紀行

もの好きといふ他はなし傘寿過ぎて地球《テラ》の裏まで物見に行くは

つれあひがつき合ひくれぬ者どうし昔の友とつれ立ちて行く

遠き日の弟の任地サンパウロに遊山せむとてはるばると来つ

キリスト像から広く見放くるリオの街世界三大美港の眺め

名にし負ふリオ・カーニバルの会場も冬にしあれば人影のなし

絢爛たる滝つながりて響き合ひ水煙あがるイグアスの滝

メインポイント悪魔の喉に真向かへば鬼神のごとき渦の大玉

風上より眺むる果報身を乗り出し巨大な渦に手をさし伸べつ

「私のナイアガラがとても可哀さう」とルーズベルト夫人言ひけり

バイロン、ハイネの詩才もとより我になくこのイグアスを詠ひ尽くせず

乾燥のアンデス山地に画かれしナスカの地上絵空から巡る

古代人が何を宇宙に語りしやクモにハチドリ、コンドル、クジラ

五十年憧れて来しマチュピチュの街を見放くる八十路の夏に

女の山と男の山つなぐ吊り尾根にへばりつきたる天空の都市

日時計に物見小屋あり神殿が民の住まひの奥に鎮座す

千人の食を支えし段々畑よこ縞模様が谷まで伸びる

マチュピチュの街もナスカの地上絵もインカの意図は未だに知れず

地ビールは旅の楽しみクスコ盆地のクスケーニャに四、五日は茫

かみそりの刃さへ通さぬ石組みに古代インカの技を知るなり

「クスケーニャ」に心残しつつリマを発つインカの民にアディオス言ひて

甲子園・百回大会

高校野球さらに百年つながりて行けと願ひぬヒロシマの日に

出場校のプラカード持つ日除け帽、ジャンパースカートに白きソックス

猛暑ゆゑに開会式もひと休み五万余人の給水タイム

モダンなる校歌ひびけり押しなべて古風なことば、調べ多きに

「君」づけの選手紹介さはやかにプロとは違ふ空気流れる

背番号が一瞬浮いて滑りこめば胸のマークが泥の模様に

ふるさとの代表選手の本命は球児なのです議員ではなく

人口減、サッカー熱をも押し返し高校野球永遠《とは》にもがもな

平成挽歌

バブル膨らみほどなく弾けながながとデフレ続きし平成の世は
平成は良き元号と思ひしに災禍多かる修羅の場なりき

阪神の大地震《おほなゐ》、サリン禍、極めつけは東日本の超大震災

人災も多き世なりき財政の破綻明らかこの後どうする

増税に及び腰なる政権党足らざればすぐ国債だのみ

平成をしめ括るべき宰相の厚顔無恥なるまつりごと見よ

与党内部の一強体制なるものが国の土台を腐らせてゐる

駅ピアノが日本で一番似合ふのは丸の内北口ホールと思ふ

冥土にても名山あらば早々にメールをくれと岳友にいふ

蒼天の生田の山の信行寺に三人の僧の読経が続く

秋天に響きわたれる読経はさながら和製の三大テナー

稀勢の里讃歌・哀歌

とつておきのワイン開けしは二年前稀勢の流せるなみだ見し後

突き刺すやうな白鵬の寄りを怺へしは先師に鍛へられたる力

八貫目の優勝賜杯に苦しみの果てなる涙したたるを見つ

白鵬の連勝を六十三で止めしは平幕時代の手柄でありき

臥薪嘗胆の大関のころ五年《いつとせ》に十二回もの優勝次点

辛苦の果て大和をのこが十九年ぶりに届きぬ横綱の座に

元寇にも譬へらるるかモンゴル勢の覇権に穴を開けたる殊勲

ガチンコの勝負続けて日の本の覇権をつなげ当分の間は

北の富士の期待のことば数年は年間三勝が最低ノルマ

横綱として初陣の春場所は十二連勝の美《は》しきスタート

突然に災禍来たりぬ日馬富士に土俵下まで吹き飛ばされて

左肩強打の痛みに声あぐる苦悶のすがた今に忘れず

千秋楽の相撲二番は左腕利かぬがままの奇跡の勝利

新横綱の場所に連覇を遂げたるもこれが最後の光彩なりき

左肩癒えざるままに出場しその都度悪化させたる不如意

初日よりの連敗に利かぬ左腕逃げ道のなく引退決意

綱の義務を果たさむと懸命に努めしは立派なりとの横審談話

讃歌といふもあまりに哀し苦しかる二年に満たぬ横綱在位

日の本の切なる夢がつひえたりかくも短くかくも儚く

平成から令和へ

鎮魂と慰問の行幸《みゆき》かさねつつ三十年《みそとせ》の御代終へられにけり

居間のソファーに座すも背筋を伸ばしつつ天皇退位の詔《みことのり》聞く

令和の初日新天皇の詔《みことのり》まこと新し　いと頼もしき

平成は災禍に加え非正規や派遣切りとふ新語も生めり

「平成の不作為」と誇る説あまた政治家、資本家責めらるるるべし

成果よりもやつてる感で目くらましアベノミクスも黒田緩和も

内閣の延命のみを願ひ居るかの宰相の貧しかる性《さが》

賃金を削り金庫に貯めるのみかかる経営がデフレ招きぬ

利尻、礼文花紀行

三十年の内外の旅ふりかへり必見、未見のものを数ふる

尾瀬ヶ原の水芭蕉はた利尻島、礼文島の花めぐりなど

梅雨のなき北海道への旅なるに雨雲背負ひ来たれるものか

雲の中に聳えゐるらむ利尻山の裾野ばかりを仰ぎて三日

熊笹の緑の尾根が日本海に突き出て見事スコトン岬

紫陽花とコスモス競ひて開花する北海道の文月の不思議

蝦夷ニュウにやや小ぶりなる蝦夷シシウドうす紫のレブンサウ咲く

エゾやリシリ、 レブンを頭に戴きて自己主張する花の多かり

青く太き穂を突きあぐるウルップサウ遠き日白馬に逢ひしことあり

うす紫の花弁が風にそよぎゐてタカネナデシコいと艶めかし

寒冷地ゆえの進化か珍しき白き穂を出すチシマワレモカウ

大柄な花より小ぶりの花多し土壌の所為か気候の故か

咲き終へしも気丈に立てるこの島のシンボル、レブンウスユキサウは

日ごと日ごとあまたの花にめぐり会ひ夫婦《めをと》花紀行いふことのなし

政治迷走

英国がイタリア並みになつちまつた皆それぞれの主張ばかりで

欧州では与党が受難　対立の元は移民の受け入れ問題

トランプとアベが土俵にしやしやり出て賜杯をわたす末世ならむか

たつぷりの塩もて土俵を清むべし品なき輩の痕跡を消せ

ガラケーを持ちて八年文明に背を向けひとり野をゆく心地

充電に二時間ほども費やすは孤高に生くるコストならむか

胃カメラが肚を探りてゐる内は策は思はじ露見するゆゑ

上手いこと言ひやがつたなこの俺に「啖呵きらずに短歌しますか」

船橋歌人クラブ讃歌　併せて短歌

鶏が鳴く　あづまの国の　安房上総　下総を経て　攻めのぼる　軍勢ありき　これこそは　治承の四年　平家をば　倒さむとして　蹶起せし　頼朝率ゐる　もののふら　海辺の路に　泥めるに　あまたの漁夫が　船と船　つなぎ並べて　進軍の　道となしたる　故事ありて　この小邑が　ふなばしと　名付けられしと　伝へらる　この

船橋に　三十年の　長きにわたり　矻矻《こつこつ》と　歌を詠みこし　人の輪が　息吹きてゐたり　生け花や　書道の師範　ふくよかな　踊りの師匠　四季ごとの　和装麗人　八十路過ぎし　老スキーヤー　神秘なる　絵を描く人や　大学の　名誉教授に　茶の道に　勤しむ人や　華やかな　ソプラノ歌手も　半世紀　歌詠む人も　予備校の　国語教師も　俳句との　両刀使ひに　底なしの　大海亀と　もろもろの　才人たちが　うち揃ひ　船橋歌人　クラブたのしも

反歌

多士済済といふ他はなし船橋の歌人クラブの輪のひろがりは

それぞれの技は秘めおき短かうたに向き合ふ歌人クラブの仲間

もろもろの歌が切り張りさるる時テキパキといふ音がするなり

令和元年流行語大賞（抜粋）

一年をワンフレーズでしめ括る流行語大賞ニッポン平和

ゴリラ並みの大男らを束ねるは何とシンプル「ワンチーム」とや

台風から逃げる手立てを美しく表現すれば「計画運休」

税金はシンプルが良きに将来に禍根を残す「軽減税率」

スマイルの威力抜群全英の制覇遂げたる「シンデレラ・シブコ」

呆けるに性差あるとは面妖なをのこばかりの「免許返納」

命令をイメージすると言はれしも半年経れば「令和」良きかな

コロナウイルス肺炎

「限定的鎖国政策」強ひるもの人にはあらずたかがウイルス

たかがウイルスされどウイルス兜町やウォール街の狼狽見れば

因縁深き日中韓を殊更に揺さぶる痴れ者コロナウイルス

パンデミックやクラスターなどの耳慣れぬ新語が茶の間に割り込んでくる

歌会も万葉講座も吹き飛んでカレンダーには空白あまた

空の下のゴルフコンぺさへ開催の是非が検討対象といふ

コロナ患者と死亡者数の一覧表　国家の恥部をランクづけして

中韓が先にダッシュし欧米が追ひかけ追ひ抜くコロナ競争

テラの騒ぎ疾く疾く鎮め消せよかし　そらみつ大和に特効薬《アビガン》出でよ

無差別に金をばらまく決断の遅きを詫びる宰相あはれ

アベノマスク・拾萬円の歎

漸くにアベノマスクが届きたり四百六十億円かけて

国から県、県から国へと下りて来てやっと市民の許に着きたり

いか程に役所の手間を奪ひけむ霞ヶ関より来るマスクが

本来の職務は横に遣られけむアベ内閣のマスクにあれば

たつた二枚のマスク配布が一国の施策の目玉　政治貧困

さてもさても世を賑はする拾萬円はどこ彷徨ふや未だに着かぬ

思ひ悩むに拾萬円が安着す六月なれば及第点か

米、独の五日、十日がこの国では四、五十日も佳しとすべきか

思ひつきの十二兆四百六十億円はやはり国債、国民の負担

誰ひとりマスクせぬ人居ない国この画一をひそかに怖る

事故調書

秋ひと日予防注射に行かむとて愛車インプレッサ出動させぬ

追ひ抜きし友を乗せむと減速しその人影をミラーに探す

その瞬間左に逸れしわが車体電信柱に接触したり

大いなる衝撃ありて右足が思はずアクセル板を蹴とばす

前方に押し出されたるマイカーが横切る車になんと突つ込む

その刹那必死にブレーキ踏まんとするわが右足の空しかる所作

右側のドアが潰れし被害車の運転席には老いたる婦人

怪我なきか痛みは無きかと問ひたるに大丈夫との応《いら》へありたり

念のため受診し結果は明日中に連絡するとの気丈なことば

修繕費は安からねども彼我三人《ひがみたり》の命の対価にあれば致し方なし

ブレーキとアクセル板の踏み違ひは誰にも起こり得るとぞ知りぬ

令和二年・コロナ禍

ながらへど恋しき日々とはなり得まじコロナ禍に憂き令和二年は

仏壇の供へは初の青りんごコロナ禍なんぞ吹き飛ばさむか

数の子は味はひて食む生まれつき貴重品とふ意識のありて

男孫らに会ふは能はず掛け軸を若武者像にかけ替ふるのみ

男孫らはコロナ禍ゆえに不参なれど女孫ら来たりて屋内《やぬち》華やぐ

正月の目玉と妻がすすめるも小豆しるこに女孫ら乗らず

晴れわたり災ひのなき世と見えてコロナ肺炎感染止まず

師と友に第二歌集を勧められ怠惰な寅が目覚めし心地

虎の皮は一枚よりも二枚がよし老いの背伸びは危ふかれども

とまれかくまれ二枚目に盛る短かうた五百余りを抜き出さむとす

題詠のアンソロジー（央八首）

穂高岳の頂き今し明るみぬ妻と見上ぐるモルゲンロート

アイガーの北壁の氷が瘦せてゆく地球温暖化もう止まらない

わが町と君住む街をつなぐ橋ときには向かひ風が吹くなり

キーマンは君だと励ます口ぶりに期待と不安が入り交じる見ゆ

何びとが何を思ひて積みたるやストーンヘンジもモアイの像も

水無月の風吹きくれば佐渡の百合が咲き出すなり朱鷺の色して

ひとのミスを嗤ふべからずわが身にもつよき嵐が吹かぬものかは

たどり来し「道」はおほかた直ぐなれど光太郎には及ばざりしか

題詠のアンソロジー（合歓十六首）

過酷なるドクトルジバゴの生涯を「ララのワルツ」が優しくつつむ

姨捨の駅に見下ろす青棚田白く光るは千曲の流れ

かくも遊びに飢ゑたる我の前世は定めし蟻か蜂にてありけむ

歳末を第九が締めて新春は青きドナウのワルツが開く

吟醸酒に添はせたきものからすみになまこ板わさ白身のさかな

丈ひくく見栄えはせぬが逞しく花かかげゐるタンポポの黄

遠き日を懐かしみつつ帰りゆく港のごとく故郷はあり

低音を響かせ曲を引き締める女孫の担ふユーフォニアムは

君がため酷暑の街にアイス買ふわが身はしとど汗に濡れつつ

ごめんねが「ごめんな」となる故郷の伊勢の「な」ことば今に懐かし

物などに執着なけれど父祖よりの掛け軸ひとたば受け継ぎてゆく

「デンスケ」の眼通して世の中を時に揶揄せし横山隆一

真冬でも扇子欠かせぬ暑がりの性は文月に生まれし証

彼の世にても臆せず定家に言問はむ憶良、額田王選らざりし訳

茜色に染まる槍穂を仰ぎつつ杯を重ねし至福の夕べ　（常念小屋）

昔スイス八十路の今は床下を水の流るる京に住みたし

ある号の合歓の題詠「私の得意料理」は欠詠とする

脱カーボン（低炭素社会）

温暖化防止せむとて世の中に脱カーボンの声かしましき
昔むかし高度成長支へたる石油文明たそがれ近し

プラスチックも石油文明の成果にてこの百年の花形なりき

マイクロプラスチックと呼ばるる小さきプラごみが世界の海を汚染してゐる

この後は炭酸ガスとプラごみを増やさぬことが必須となれり

切り札は再生可能エネルギー風水力や太陽光など

原子力とふ代物に暫くは最低二割を頼る他なし

カーボンフリーの世に燃やせるものそれこそは水素といへるクリーン燃料

今の世はオイルタンカー行く末は水素タンカーが世界の海に
水素よりもアンモニアにて運ぶべし液化易しくコストも安価
行く末は津々浦々のGSが水素スタンドに変はりてをらむ

水素スタンドの更なる役目は自動車用高速充電センターならむ
かかる眺めは生ある間には望めまじ二十年後の夢にしあれば

結縁寺・頼政首塚

彼岸花が映ゆる結縁寺の夕景は下総印西の八景と聞く

結縁寺の近間に源頼政の首塚のあり詣で来たりぬ

平家討たむと兵を挙ぐるも敗れたる頼政の首下総に眠る

首を持つ従者を乗せて東国に走り来たりし名馬一頭

名馬塚に花器、香炉など残れるも馬の名を知る手がかりあらず

首を捧げ東国さして逃れ来し名もなき従者一人ありけり

この首の重さ極まり行き泥《なづ》まば其処に埋めよとの頼政の命

畿内より逃れ来たりし武者首は八百年をこの地に眠る

ひたすらに東の国に逃れむとせし頼政の源家の血筋
首塚より頼政が見しその後の源家の興隆、衰微のなりゆき

家族・今昔

人生の初の所業はふた親の真中に大の字を画きしこと

春の海は母かとおぼゆ光太郎は大自然こそ父と言ひけり

わが背を追ひくるひと言むかし母いまは妻から「飲み過ぎないで」

彼岸花待つ日待てぬ日重なりて弟逝きし長月が来る

終戦の翌秋逝きぬ七十余年を経て浮かびくる五歳の面輪

年ごとに五歳のままの弟が彼岸花手に会ひに来るなり

父の日にサーモカップが届きたり「一杯やらう」と添へ書きつけて

ビールにもひれ酒にでもぴつたりの息子の心づくしのカップ

健康第一長生きしてと言ひてくる息子らよりの父の日メール

知命なる齢となりし息子らに父を労ふ気持ち生れしや

ゴルフ、スキー現役の父は大丈夫と言へど飛距離の低下は難儀

女の孫の修学旅行のスマホには舞妓すがたの五人がならぶ

女の孫の声音しぐさに亡き母が顕ちくる見えざる糸に曳かれて

四世代にわたる記憶をつめ込みてひと際重し父の手帳は

週に一度みがき居し父の革靴に二か所の継ぎのありたる記憶

うからの無事祈りつつ香を焚く習ひとなりし晦日の墓参

アーベントロート

モンテローザを黄金の山に染めあぐるアーベントロート今に忘れず

振り返れば東むきなるダン・ブランシュの稜線くつきり西の空切る

マッターホルンの東北稜が陽のあたる東壁と影の北壁分かつ

晴れわたるかの日の夕べ訪れしゴルナグラートのホテルのテラス

六月のミラノ出張はビジネスとスイス観光のセットでありき

金曜日のミラノ集合週末はアルプス紀行の定番コース
モンブラン、マッターホルンにユングフラウ夏ごと訪ひし三大アルプス
先遊後勤などと呟き先遊がビジネスに向かふ馬力でありき

ビジネスとアルプス紀行の組み合はせミラノの占める絶好の位置

ドゥオモからほど近きブレラ博物館ベッカリーアの像に会ひたり

ゴルナグラート行きの電車より愛づる浜なす色のアルペンローゼ

エギュイーユ・デュ・ミディより見上ぐるモンブラン雪煙光るアルプスの女王

ユングフラウの展望台より見下ろせるアレッチ氷河果てしなく行く

フィルストの展望台より見晴るかすベルナーオーバーランド連山

フィルストより一時間余の散歩道バッハアルプゼーの秘境を訪ひぬ

二十年ぶりのシャモニー訪ひてげつそりと痩せたるボゾン氷河に驚く

俺もコチコチ

人間を時計に喩ふる歌のあり俺もコチコチ歩いては来た

これの世の修行僧か日を継ぎて名山を行く田中陽希は

戦にはあらねど桜前線が日本列島を突き抜けてゆく

野ボールを愛しプレイしその挙句野球と名づけし升《のぼ》さん子規は

旨《し》酒の旨《し》にわけ、こころなる意のありて趣旨、要旨などの熟語となりぬ

飛ぶものは物だけぢやないデマが飛び噂も野次も檄も飛ぶなり

デカルトには「我」が要るけど短歌では見えざる我が一首の主役

矢絣の着物、胸高に袴はき自転車で行きしか昭和のをとめ

外国《とつくに》に二年を閲《けみ》して日の本が異なる国と思ひたるなり

下総へと御祖墓遷し終へたるも望郷の念変はることなし

カ変動詞

霜降りの伊賀肉うれし歳晩のクロネコ便に乗りて来たりぬ

やはらかき青葱やよし妹の菜園よりの九条ねぎなり

鶏が鳴くあづまの葱の味気なしみどりのなくば葱にはあらず

深谷ねぎ下仁田ねぎは白づくし著名なれども葱にはあらず

雑煮に飽きて伊賀肉鍋をつつきをり青葱入れて上方風の

六十年あづまに住めど馴染めぬは真っ白の葱黒きそばつゆ

来《こ》、来《き》、来《く》、ほい　来《く》る、来《く》れ、来《こ》よと変化するカ変動詞のリズムたのしも

「千里の駒はあれど一人の伯楽なし」まともな長が不在の日本

何時よりか女性上位の世となりて「女房」の好きな赤烏帽子とぞ

神風の伊勢の出なれど鶏が鳴くあづまの蟬となりて歌詠む

「北」という文字が宿せる厳しさよ北風、敗北とりわけ脱北

伊勢墓参旅行

鳥羽中学同窓会の傘寿の会長島スパーランドに集ふ

集合写真の度にほつほつ欠けゆくも残りし者らの意気は軒昂

翌日は妻の実家の墓詣で十六代の墓碑銘仰ぐ

香華手向け目裏に顕つ岳父、義母に長き無沙汰を詫びて居るなり

念願の榊原温泉を訪ひ真白き出湯に身を浸しをり

またの名を「七栗の湯」と称へられ平安貴族の愛でたる秘湯

超アルカリの秘湯につかり松阪牛のすき焼き食めば身は奮ふなり

春ひと日亀山城下母方の祖父母の眠る墓に詣で来

藩侯の墓をとり巻き藩士らの数多の墓が並び立つなり

こちらにも十数代の墓碑ありて在りし日の祖父母の姿顕ちくる

亀山城の多聞櫓は伊勢最古の城郭建造物との碑あり

亀山城多聞櫓を背景にわが高祖父の碑の前に立つ

明治二十三年旧友なりし内大臣が「鐸山、近藤君の碑」を建立す

亀山藩の首席家老を務めゐし近藤幸殖《さちたね》、漢学者なりき

ひと枝に一輪づつの梅の花　結句は要らず春が来て居る

いちめんの菜の花畑を描かせたいひなげしの丘を画きしモネに

傘をさかさに花びら受くるをとめありアンデルセン公園のさくら並木に

四月尽下総三咲の駅ビルに燕のつがひがまたも戻り来

風かをるさつき令日令和なる新しき御代始まりにけり

大学の講義も盆の棚経もラインでといふコロナ禍の夏

ふる里の「盆汁」旨し　なす、牛蒡、しいたけ、枝豆、油揚げ入りの

四代の主婦が繫げる「盆汁」は菜食なれど滋養満点

葉月の花はなべて逞し　夾竹桃、百日紅も輝きて見ゆ

ハロウィンの南瓜吊るしし樹の下にふたり子写す父ありて秋

黄の色の「伊豆の踊子」なる薔薇が人待ち顔にたたずみてをり

ゆく秋を惜しむ花なりコスモスは華やかなれどいつもはかなく

皇帝ダリヤの花待ち居れど極月のけさ霜枯るるを見るぞ哀しき

草珊瑚なる又の名に諾へり冬に輝く千両の実は

またの名を一陽来復冬至のけふ柚子風呂に入り南瓜を食す

老いのつれづれ

ゆくりなく「秋冷」の語を思ひ出づ気候の故か齢の所為《せゐ》か

年古れば蹴躓くこと多くして爪先に眼があればと思ふ

米寿への坂のぼりつつ思ふなり如何なる晩節が待ちてゐるかと

カネやんもあのノムさんも八十代半ばで黄泉津平坂越えぬ

つるべ落としに膂力萎えゆく身なれども毒舌、夢想の力は消えず

美女の膝に酔ひてまどろみ醒めし後も天下は要らずそのままが良し

人の世は百年時代さにあらば古稀前なんて鼻たれ小僧

大阪のアホ東京のバカなんて挨拶代り名古屋ぢやタハケ

珍しき物見む旨きもの食はむ黄泉づと増やすも現身の内

オリンピックは終はるも猛暑、コロナ禍に台風来たり日本騒擾

採りし血の黒きを見つつこの身にも策士の才があるかと思ふ

誰の血も黒きと聞きて身の内のかすかな夢が崩れゆくなり
覗き見る胃は鮮やかなピンク色一物なんて隠し持てない

思ひつくまま

「世界ネコ歩き」の画像シチリアの猫がパスタを啜りゐるなり

啓蟄にあたま出せどもまだ寒し暦はうそつき虫がぼやけり

才能と生命力の反比例　子規と賢治に啄木、一葉

若くしてあまたの人を惹きつける詩文のこして疾く去りし人

それぞれに十年余命ありしかばと詮なきことを想ひゐるなり

人生百年の世となりたるに蒼氓の今の成果は未だし不満

自らのいと乏しかる生き様を省りみるだに消え入る他なし

八十三歳《はちじふさん》を三十八歳《さんじふはち》に言ひ換えて更に半生やる意味ありや

あとがき

三十年ほど前、たしか平成の初めの頃だったと記憶するが、毎年恒例となっていた六月末のミラノ出張時のことだった。翌週初めのミラノでの仕事の前に週末お決まりのスイス観光をもくろみ、土曜日の朝ミラノを出発、午後ツェルマットに着き、その足でゴルナグラート行きの登山電車に飛び乗った。終点に着いてしばらくアルプスの四千メートル峰に囲まれた周囲の景色を堪能したのだが、その内に夕焼けの時刻となり、西方のモンテローザが鮮やかな夕陽、つまりアーベントロートに染まり始めたのだ。

標高四千メートル近い周囲の空気は澄みわたり、モンテローザが見事な黄金の山と化したのである。かつて私が見たこともない光景がそこにあった。

アルプスでモンブランに次ぐ高峰であるのに、そのずんぐりとした丸い山容の故か、人気の点で近くに聳える鋭鋒のマッターホルンに及ばず、いつも引き立て役のモンテローザが、この時だけは周囲を睥睨する堂々たる女王の姿を見せていた。生涯で見た最も美しい荘厳な記憶を頭に叩き込んで、ゴルナグラートを後にしたのであった。

モンテローザを黄金の山に染めあぐるアーベントロート今に忘れず

この歌集のタイトルが必然的にアーベントロートとなった所以である。
さて今回、齢八十歳を超えて第二歌集を編むことにした理由は、第一歌集以来五年半の間の目まぐるしい世の中の変動にある。それは余りに激しくテンポが早く、ゆっくり構えていては取り残されかねない状況である。モリカケ、桜の会に始まり、コロナ肺炎、ばらまき給付にアベノマスク等々、一つ一つ挙げればきりがないが、その大半が平均的日本人の許容する範囲を超えた理不尽なものであり、僭越ながらこれらに一撃を加えることなく生を終えるのは、いささか無責任だという気がしてならないのである。

従ってこの歌集には、時事詠、社会詠、政治批評詠がかなり含まれており、一部の読者にとっては目障りと映るかもしれないが、どうかご寛恕いただきたい。ましてや来年の参議院選挙を無事のり切れば、何年か波乱のない安定政権が来るだろうと見込んでいる節があり、無策にして有害だった安倍長期政権の弊害がまたも再現されかねないという懼れがあるのだ。加えて、現在の財界、経営者層の体たらくには愛想が尽きるという他ない。会社の利益をただ貯め込み、給与アップも投資もせず、自社株買いにだけ熱心という姿勢は、資本主義の自殺行為と言わざるを得ない。老輩の身ながら、新資本主義・所得の再分配を標榜する岸田新政権には積年の無策、停滞を終焉させ、民間をも巻き込んで新風を吹き込んで欲しいと願うや切である。

以上、拙いとは言え文学作品である歌集の巻末に、政治論議を闖入させるという不調法をしてしまったが、お蔭で気分は爽快、まさに西郷南洲の「丈夫玉砕甎全を愧ず」の心境である。

私にとって五年ぶり、第二歌集となるこの歌集を編むにあたり、久々湊盈子先生にはご多忙にもかかわらず前集と同様に懇切なるご指導を頂き、さらに有難い帯文を頂きました。ここに厚く御礼申し上げます。また歌集を仕上げる段階で、新しく典々堂を起業された髙橋典子さんに色々とアドバイスを頂きました。また、美しい装丁をして下さった倉本修様にも感謝いたします。

最後になりましたが、「合歓」お茶の水、および志木歌会の皆さんや、一番古くからお世話になっている船橋歌人クラブ、途中まで所属していた「たんか央」の皆さん、新しく加入させて頂いた松戸歌会の皆さんには本当にお世話になり、歌詠みとしての生活を楽しませて頂くことが出来ました。心より御礼申し上げますと共に、我儘な私ではありますが今後共、よろしくお付き合い下さいます様お願い申し上げます。

楠井孝一

二〇二一年一二月吉日　黄落の日に

歌集　アーベントロート

2022年3月1日　初版発行

著　者　楠井孝一
〒274-0812　千葉県船橋市三咲6-3-10

発行者　髙橋典子

発行所　典々堂
〒101-0062　東京都千代田区駿河台2-1-19
アルベルゴお茶の水323
振替口座　00240-0-110177

組　版　はあどわあく　印刷・製本　渋谷文泉閣

定価はカバーに表示してあります